VillA Alfabet

Beschermengel

Beschermengel

Heleen Vissinga

educatieve

uitgeverij

Maretak

VillA Alfabet is een leesserie voor de betere lezer van groep 3 tot en met groep 8.
VillA Alfabet oranje is bestemd voor lezers vanaf groep 3.
Een VillA Alfabetboek biedt de goede lezer een uitdagende lees-ervaring en verdiept deze ervaring door het extra materiaal dat in het boek is opgenomen. Daarnaast is bij elk boek materiaal ont-wikkeld dat in een aparte uitgave is verschenen: 'VillA Verdieping'.

STICHTING NEDERLANDSE
KINDERJURY
2003

© 2002 Educatieve uitgeverij Maretak, Postbus 80, 9400 AB Assen

Illustraties: Helen van Vliet
Tekst blz. 6 en blz. 90,91,93: Cees Hereijgens en Ed Koekebacker
Vormgeving: Cascade visuele communicatie, Amsterdam
ISBN 90 437 0141 6
NUR 140/282
AVI 9

Inhoud

*(Als je ♠ tegenkomt, ga dan naar bladzij 93.
En als je het boek uit hebt, kom dan op bezoek in
Villa Alfabet, op bladzij 90-92.)*

Aan de deur belt een jongen. Jacqueline kent hem niet. Ze vindt hem er raar uitzien. Hij geeft haar een zakje met een vreemde inhoud. Zou er een grap met haar uitgehaald worden? Dan gaan er vreemde dingen gebeuren. Kan de tijd echt stilstaan? Langzamerhand begrijpt Jacqueline hoe belangrijk de opdrachten zijn die ze krijgt.

1 Een geheimzinnige druppel

Een luide ding-dong verstoort de muziek waar
Jacqueline naar luistert. Ze legt haar schaar neer,
zet de cd-speler zachter en wacht tot ze voetstappen op de gang hoort. Het blijft stil, akelig
stil. Haar vader en moeder zitten natuurlijk nog
in de tuin en daar horen ze de bel niet. Verdorie,
zit ze net even lekker te knutselen aan haar
bureautje, kan ze weer naar beneden gaan. Ze
schuift de vouwblaadjes en het vloeipapier aan
de kant en staat met tegenzin op. Opnieuw klinkt
het indringende geluid van de bel, meerdere
keren achterelkaar.
'Welke idioot staat daar zo hard op die bel te
timmeren,' moppert Jacqueline.
'Ik kom eraan, maar ik kan niet heksen!' Met drie
treden tegelijk springt ze de trap af, duikt naar

de deurknop en zwaait de voordeur open. Op de stoep staat een donkere jongen van een jaar of tien. Zijn zwarte sluike haar hangt als een gordijntje voor zijn ogen. Tussen het gordijn door staren twee grote bruine ogen haar aan.

'Jacqueline?' vraagt hij.

Jacqueline knikt en zegt: 'Ja, dat ben ik, maar wie ben jij?'

Verbaasd kijkt ze naar de jongen die een bruin kreukelig zakje met een touwtje erom uit zijn broekzak te voorschijn tovert. Hij antwoordt niet maar houdt haar het zakje voor.

'Wat is dat, wat moet ik daarmee?'

De jongen zwiept het haar van zijn voorhoofd en knikt haar geheimzinnig toe. Aarzelend pakt Jacqueline het verfrommelde papieren zakje aan. Plotseling rent de jongen er vandoor zonder ook maar iets te zeggen.

'Hé wacht, ik weet helemaal niet wie jij bent en waarom ik dit...' Jacqueline slikt haar woorden in en ziet hoe de vreemde jongen pijlsnel om de hoek verdwijnt. Ze haalt haar schouders op en doet de voordeur weer dicht. Als door de bliksem getroffen blijft ze stokstijf staan. Stel je voor dat er iets griezeligs in dit zakje zit, dat iemand een nare grap met haar uit wil halen? Die jongen leek een beetje op Alexander uit groep vijf. Misschien was dit zijn broer en moest hij dit brengen. Nee, toch niet, want Alexander heeft alleen een zus in groep acht.

Jacqueline schudt het zakje vlakbij haar oor heen en weer en bekijkt het aan alle kanten. Er beweegt gelukkig niets, voorzichtig knijpend ontdekt ze dat er iets hards in zit. Met ingehouden adem peutert ze het touwtje los en opent langzaam het zakje. Ze gluurt erin en ziet iets van doorzichtig plastic aan een koordje. Weifelend neemt ze het koordje tussen duim en wijsvinger en trekt het eruit. Het is van bruin leer en er hangt een plastic of glazen ding aan in de vorm van een grote waterdruppel. Jacqueline neemt de doorzichtige druppel in haar hand en ziet dat er een piepklein goudkleurig horloge in zit. Het wijst aan dat het bijna half twaalf is. Ze loopt naar de woonkamer

en kijkt op de grote wandklok, dat kleine ding
loopt nog goed ook! Ze houdt de heldere druppel
bij haar oor maar hoort niets. Jacqueline tikt er
met haar ring tegenaan. Het klinkt niet als glas

dus het zal wel van plastic zijn. Waarom krijgt zij van een wildvreemde jongen zomaar een horloge en hoe wist hij haar naam? Aarzelend hangt ze het koordje om haar nek en drukt de druppel tegen haar borst. Plotseling voelt ze een rilling door haar lichaam trekken en krijgt ze kippenvel in haar hoofd. Na een paar tellen is het vreemde gevoel gelukkig weer verdwenen. Voor de zekerheid schudt Jacqueline nog eventjes met haar hoofd heen en weer, maar alles voelt normaal aan. Door het raam ziet ze dat haar vader en moeder inderdaad in de tuin zitten te lezen.
Jacqueline loopt door de achterdeur naar buiten en gaat voor de stoel van haar moeder staan.
'Kijk eens wat ik gekregen heb?' zegt ze.
Moeder rukt moeizaam haar ogen los van de letters van het boek. Als zij eenmaal leest, hoort of ziet ze bijna niets anders meer. Het is eigenlijk een wonder dat ze nu meteen reageert.
Ze neemt de druppel in haar hand en bekijkt hem aandachtig.
'Wat mooi, van wie heb je dat gekregen?'

'Geen flauw idee, er stond een jongen voor de deur die me dit gaf en daarna rende hij weg.'
Vader legt zijn krant op de tuintafel en lacht: 'Ha, een aanbidder misschien? Kan ik me voorstellen want ik heb een prachtige dochter, al zeg ik het zelf.'
'Pap! Doe niet zo stom, ik ken die jongen helemaal niet, ik heb hem nooit eerder gezien!'
'O, sorry hoor, ik wist niet dat je meteen kwaad werd, ik gaf je toch alleen maar een complimentje,' zegt papa. 'Mag ik dat dingetje ook eens bekijken?' Jacqueline haalt het koordje over haar hoofd en geeft het aan haar vader.
'Verhip, er zit een horloge in dat ding, hoe hebben ze dat voorelkaar gekregen?' Vader draait de druppel rond en rond en bestudeert hem kritisch.
'Er is nergens een las te bekennen, volgens mij is dat horloge in hars gegoten. Dat doen ze ook wel eens met schelpjes en andere zeedieren. Weet je nog dat we in dat souvenirwinkeltje waren op Terschelling en jij dat lelijke, doorzichtige blokje met dat zeepaardje erin wilde hebben?'

Jacqueline knikt, dat weet ze nog goed. Ze moest toen kiezen tussen dat echte, dode zeepaardje of een dolfijnknuffeltje. Thuis had ze spijt dat ze zich had laten beïnvloeden door haar vader en toch niet dat zeepaardje gekozen had.

'Nou, dat blokje was ook van hars gemaakt, net als dit ding volgens mij. Het is een echt kitscherig, kermisachtig prul.'

'Ronald, wil je niet altijd zo duidelijk je mening geven, Jacqueline heeft het gekregen, een beetje meer respect kan ook geen kwaad,' zegt moeder geërgerd.

'Oké, je hebt gelijk, dit is een aardig prulletje, lieverd...'

Jacqueline kijkt haar vader vernietigend aan.

'Maar jullie moeten toch toegeven dat je niet veel hebt aan een horloge dat je niet op kunt winden,' grijnst vader.

'Sufferd, er zit natuurlijk gewoon een batterijtje in,' antwoordt Jacqueline.

'En hoe moet het batterijtje dan vervangen worden als het leeg is, liefje?'

Hulpeloos kijkt Jacqueline haar moeder aan, die
haar schouders ophaalt. Jacqueline graait de
druppel uit haar vaders handen.
'Nou, ik zie vanzelf wel wanneer hij niet meer
loopt, nu doet hij het in ieder geval nog. Op dit
moment is het precies zeven minuten voor
twaalf,' zegt ze hooghartig en hangt de druppel
weer om haar hals als ze wegloopt. Vanuit haar
ooghoek ziet ze dat vader op zijn horloge kijkt.
'Acht minuten voor twaalf!' verbetert hij snel.
'Nietwaar, die van jou loopt achter!' schreeuwt
Jacqueline en klapt de achterdeur keihard dicht.

2 Het extra uur

Jacqueline duwt haar knutselwerk aan de kant.
Het heeft geen zin, het lukt toch niet meer.
Opnieuw bekijkt ze de druppel die aan het koordje
om haar hals hangt. 'Kitscherig' zei vader, maar
eigenlijk vindt zij hem best wel mooi. Ze likt aan
haar vinger en poetst de harsdruppel op zodat hij
een ietsjepietsje meer gaat glanzen. Waarom
heeft zij dit ding eigenlijk gekregen? Zachtjes
wiegt ze heen en weer op het ritme van de muziek
van haar nieuwe cd. Midden in haar lievelings-
liedje stopt de muziek abrupt.
'O nee hè, hij is toch, hoop ik, niet kapot!'
Jacqueline haalt de cd eruit en bekijkt hem aan
de onderkant, gelukkig ziet ze geen kras. Ze
blaast er voor de zekerheid overheen, stopt de cd
weer in de cd-speler en drukt op play. Ze hoort

niets, zelfs niet het geluid van de draaiende cd.
'Dat zal toch niet waar zijn, mijn cd-speler doet
het niet meer.' Ze drukt een paar keer op verschil-
lende knoppen, maar er gebeurt helemaal niets.
Daar heeft ze de hulp van haar vader bij nodig.
Jacqueline kijkt op haar gloednieuwe horloge.
Het is even over twaalf, dan heeft haar vader nog
bijna een uur de tijd voor hij naar zijn werk in
het ziekenhuis moet. Jacqueline gaat meteen
naar beneden, maar botst onderweg bijna tegen
haar moeder op die halverwege de trap staat.
'Waarom sta je daar zo raar?' vraagt Jacqueline.
Moeder geeft geen antwoord, ze staat doodstil op
de trap en houdt met één hand de leuning vast.
'Hé, ga eens aan de kant, je staat in de weg, hoor!'
benadrukt Jacqueline. Weer geen reactie van haar
moeder. Jacqueline krijgt het plotseling ijskoud,
terwijl het zweet haar aan alle kanten uitbreekt.
Geschokt kijkt ze in de starre ogen van haar
moeder, ze lijkt wel bevroren! Jacqueline grijpt
haar moeder bij de arm en schudt haar heen en
weer.

'Mam, zeg eens wat, doe niet zo gek, dit is geen leuk grapje, hoor!' schreeuwt ze. Haar moeder blijft voor zich uitkijken zonder ook maar even met de ogen te knipperen. Vader, ze moet meteen haar vader waarschuwen, die is dokter!
Voorzichtig wurmt Jacqueline zich op de trap langs haar moeder heen en rent naar de tuin.
'Pap kom snel, er is iets ergs met mama...'
Haar vader doet net of er niets aan de hand is en leest gewoon verder in zijn krant. Boos slaat Jacqueline de krant uit zijn handen en krijst: 'Schiet nou op!' Een verlammend gevoel trekt door haar benen als ze haar vader aankijkt. Hij ziet haar helemaal niet, zijn ogen zijn gericht op de plek waar de krant was en zijn handen steken nog naar voren.
'Papa, jij ook al, wat is er aan de hand? Ik ben toch niet gek, of droom ik misschien?'
Jacqueline knijpt hard in haar wang en slaat zichzelf in het gezicht. Ze doet haar ogen vijf seconden stijf dicht en dan weer open. De situatie is onveranderd, ze droomt niet! In paniek rent

Jacqueline de tuin uit naar het huis van de buren. Ze rammelt aan de achterdeur, maar die is op slot. Langs de zijkant van het huis holt ze naar de straat, misschien dat ze een voorbijganger om hulp kan vragen. Op het grasveldje aan de overkant staat een meneer met een teckeltje aan de riem.

'Meneer, meneer, help alstublieft!' schreeuwt Jacqueline en rent de straat over, waar gelukkig geen verkeer aankomt. De man verroert zich niet, zijn hondje plast tegen een boom. De plas duurt eeuwig, het lijkt of de straal vastzit tussen de hond en de boom. Verbijsterd kijkt Jacqueline naar dit absurde schouwspel en schudt haar hoofd. Wat gebeurt er toch allemaal? Radeloos draait ze zich om en tuurt de straat af, waar geen beweging te bekennen is. Haar ogen gaan van de straat naar de planten in de voortuin van de buurman, er beweegt zelfs geen blad. Ze kijkt omhoog en ziet een vogel roerloos in de lucht hangen. Dit bestaat niet; als hij niet met zijn vleugels flappert moet hij toch naar beneden vallen? Een paar witte schapenwolkjes hangen doodstil aan de blauwe hemel. Nergens klinkt een geluid, geen geruis van verkeer, geen blafje van een hond, niets.

Opeens dringt het tot Jacqueline door: de hele wereld staat stil! Maar waarom zij dan niet? Ze grijpt de druppel en kijkt op het horloge dat wel loopt, want het is inmiddels tien over twaalf. Dan moet de wandklok in de woonkamer ook tien over twaalf aangeven! Jacqueline rent terug naar huis en passeert haar vader die als een standbeeld met zijn handen voor zich uit zit. Haar voetstappen verbreken de doodse stilte om haar heen. Ze struikelt bijna over de drempel en gaat naar de woonkamer. Twaalf uur! De grote wandklok staat ook stil! In paniek haalt ze het koordje over haar hoofd en wil de druppel op tafel gooien, maar houdt hem op het laatste moment toch vast. Misschien verandert zij ook in een standbeeld wanneer ze de druppel loslaat. Want het vreemde horloge heeft hier vast en zeker iets mee te maken, dat kan niet anders.

Met een plof zakt Jacqueline op de bank en doet haar ogen dicht. Wat een verschrikkelijke nachtmerrie! Wat moet ze doen als ze de enige op de hele wereld is die nog beweegt! Of is het misschien alleen een stukje van de wereld dat stilstaat, een gebied om haar heen? Jacqueline vliegt overeind en slingert het koord met de druppel over haar hoofd. Ze rent naar buiten en haalt haar fiets uit de schuur. Als een bezetene racet ze de straten door op weg naar het huis van haar vriendin Cecilia. Ze passeert stilstaande auto's waarvan de lampen nog branden, fietsers die vastgeplakt lijken te zijn aan de straat, een jongetje dat schijnbaar achter een bal aanrende voordat... Stop! Dat kind zou beslist onder de auto gekomen zijn als alles nog bewoog. Jacqueline stapt van de fiets af en loopt naar het jochie toe. Zachtjes streelt ze zijn arm, het voelt volkomen normaal en warm aan. Een golf van geluk stroomt door Jacquelines lijf. Dan zijn de mensen dus niet dood, misschien is deze toestand maar tijdelijk! Wie weet, beginnen ze straks

allemaal weer te lopen, te fietsen, te rijden en is alles weer normaal! Als dat zo is, moet ze dat kind van de straat halen voordat het overreden wordt. Jacqueline zet haar fiets aan de kant en tilt voorzichtig het ventje op. Ze zet hem op de stoep en legt de bal ernaast. Een vrouw staat voor het raam van het huis waar het kind waarschijnlijk vandaan kwam. De mond van de vrouw staat wagenwijd open, haar ogen kijken angstig. Misschien is het de moeder van het joch en schreeuwde ze naar haar zoontje die de straat

oprende. Jacqueline kijkt naar het kind, ze schat hem een jaar of twee. Gevaarlijk hoor, zo´n klein kereltje alleen op de stoep waar auto´s langs- razen. Resoluut tilt Jacqueline hem nogmaals op en zet hem achter het hek van het voortuintje, de bal legt ze naast hem neer in het gras.
Ziezo, die moeder hoeft niet meer bang te zijn dat haar kind een ongeluk krijgt.
Met een voldaan gevoel stapt Jacqueline weer op de fiets.
Vreemd, ze is opeens helemaal niet bang meer, eigenlijk weet ze heel zeker dat deze vreemde stilte voorbij zal gaan. Maar hoe lang gaat dat nog duren?
Bij het huis van Cecilia zet ze haar fiets tegen het hek. De fiets hoeft niet op slot, er is toch niemand die hem stelen kan. Ze loopt achterom en gluurt door het raam naar binnen. Cecilia's moeder staat in de kamer te strijken. Is dat niet gevaarlijk? Straks vliegt de boel in brand door dat hete strijkijzer. Jacqueline gaat snel naar binnen en loopt meteen naar de moeder van Cecilia. Wat

raar, de stekker is in het stopcontact, het strijkijzer rust op een theedoek. Heel voorzichtig raakt
ze een momentje de zijkant van de strijkbout aan.
'Au!' Dat ding is heet en toch verbrandt er niets!
Zou de elektriciteit ook stilstaan? Jacqueline
loopt naar de lichtschakelaar en drukt erop, maar
nergens brandt een lamp. Ze haalt haar schouders
op en gaat op zoek naar Cecilia. In de hal staat
Bendriaan, de broer van Cecilia, die zijn jas
aantrekt. Raar hoor, het lijkt alsof ze door een
wassenbeeldenmuseum wandelt. Ze is een keer
met haar vader en moeder naar zo'n museum in
Amsterdam geweest. De wassen beelden leken zo
echt, dat ze vreselijk schrok toen er eentje bewoog. Maar dat was een meneer van het museum
die tussen de beelden stond. Jacqueline kijkt
Bendriaan aan, hij kijkt haar ook recht in de
ogen, zou hij haar zien?
Jacqueline loopt de trap op naar de slaapkamer
van Cecilia. Ze voelt zich wel een beetje een
inbreker, maar ze kan nu eenmaal niet netjes
aanbellen en wachten tot er iemand opendoet.

Toch klopt ze op de deur van het kamertje voordat
ze naar binnengaat. Cecilia zit glimlachend op de
rand van haar bed een Donald Duck te lezen.
'Hoi,' zegt Jacqueline en gaat naast haar zitten.
Ze legt voorzichtig een hand op Cecilia's knie en
kijkt naar haar gezicht. Hoe lang zal het nog
duren voor haar ogen weer iets zien? Op het
horloge is het vijf voor één.

Hé, wacht eens even... verdorie, ziet ze dat nu
pas? Dit ding klopt niet, het is niet vijf voor één,
maar vijf voor dertien! Na de dertien komt de
één, dat is dus eigenlijk twee maal een uur! De
cijfers gaan van één tot dertien en niet van één
tot twaalf! Het horloge heeft een uur extra! Dus

wanneer het op haar horloge dertien uur is, is het eigenlijk nog steeds twaalf uur. Zou dan zo dadelijk alles weer normaal worden? Jacqueline kan de minuten nauwelijks afwachten. Als het bijna zover is, houdt ze haar adem in... drie, twee, één...

'Wèèèh!' Cecilia veert op van haar bed. 'Ik schrik me dood, waar kom jij opeens vandaan!'

Jacqueline vliegt dolgelukkig haar vriendin om de hals.

3 Beschermengel

Cecilia kijkt haar vriendin vol ongeloof aan als
die vertelt wat er allemaal is gebeurd. In haar
handen draait ze de druppel om en om en bekijkt
hem aandachtig.
'Er bewoog een uur lang echt helemaal niets?'
'Zelfs geen piepklein pluisje,' zegt Jacqueline.
'En het komt volgens jou allemaal door dit rare
horloge dat je hebt gekregen?' vraagt Cecilia.
'Ja, kijk maar eens naar de cijfers, wat zie je? Na
de twaalf komt de dertien en dan pas de één, dat
klopt niet.'
'Hé, je hebt gelijk, dat had ik helemaal nog niet
gezien! Misschien heb je het dan toch allemaal
werkelijk beleefd.'
'Ja, hoor eens, je denkt toch zeker niet dat ik hier
zit te liegen, hè?' moppert Jacqueline.

'Nou ja, het kon toch ook mogelijk zijn dat je alles gedroomd had?'

'Ik weet absoluut zeker dat ik het niet gedroomd heb. En jij schrok je wezenloos toen ik opeens naast je zat, dat is ook een bewijs!'

Cecilia knikt langzaam, maar lijkt nog niet echt overtuigd. 'Als ik een Donald Duckje lees, ben ik helemaal van de wereld, dan leef ik in Duckstad. Mijn moeder moet me soms wel drie keer roepen voordat ik antwoord geef. Misschien heb ik daarom niet gemerkt dat je mijn kamer binnenkwam en naast me ging zitten.'

'Cecilia, je zat hier als een standbeeld voor je uit te staren zonder ook maar iets te lezen. En ik heb vijf minuten naast je gezeten zonder dat je een bladzijde omsloeg.'

'Oké, ik wil je graag geloven, maar ik kan me niet voorstellen dat ik een uur lang stilgezeten heb. Voor mijn gevoel heb ik net als anders zitten lezen. En toen zat jij daar, floep, opeens naast me', vertelt Cecilia.

Jacqueline staat op, loopt naar het raam en kijkt

naar het verkeer in de straat. Het lijkt alsof er
niets is gebeurd, alles is doodnormaal.
'Ga je mee naar mijn huis om te zien of mijn
vader en moeder weer gewoon doen?' vraagt
Jacqueline. Eigenlijk weet ze wel dat ze dat niet
hoeft te controleren, maar ze doet het toch maar
voor de zekerheid.
'Goed, dan haal ik mijn fiets uit de garage,' zegt
Cecilia.
Jacqueline loopt achter haar aan de trap af en
ziet dat Bendriaan weg is.
Cecilia steekt haar hoofd om de deur van de
woonkamer. 'Mam, ik ga met Jacqueline mee naar
huis en blijf daar vanmiddag, goed?'
'Is Jacqueline hier? Daar weet ik niets van, ze
heeft me helemaal nog niet begroet. Is ze
stilletjes naar boven gelopen?'
Veelbetekenend kijkt Cecilia achterom naar
Jacqueline die over haar schouder naar de hang-
lamp aan het plafond van de woonkamer wijst.
Cecilia ziet de lamp branden en schudt haar hoofd
verward heen en weer.

'Doe je altijd de lamp aan als je gaat strijken?'
vraagt ze aan haar moeder.
'O sorry, ik had er geen notie van dat hij aan was,
doe hem maar even uit, wil je. Trouwens, je hebt
nog geen broodje gehad, zal ik...'
'Nee, ik eet wel wat bij Jacqueline, doei!'
Cecilia en Jacqueline lopen vlug naar buiten en
voor het raam zwaait Jacqueline naar Cecilia's
moeder die vrolijk terugzwaait.
'Zie je nou wel, ik heb je toch verteld dat ik het
licht heb aangedaan,' fluistert Jacqueline.
Cecilia knikt zwijgend en haalt haar fiets.
Onderweg wijst Jacqueline aan waar ze het jochie
in de tuin teruggezet heeft. Ze vertelt nog steeds
honderduit en kan zelf amper geloven wat haar
overkomen is. 'En daar, tegen die boom heeft een
teckeltje gepiest!'
Cecilia begint opeens onbedaarlijk te lachen, ze
klapt voorover over haar stuur en slingert tegen
Jacqueline aan.
'En dat beest heeft daar een uur staan piesen?'
Jacqueline wordt aangestoken door de lachbui

van Cecilia en giert het uit. Nog nahikkend rijden
ze het paadje op langs het huis van Jacqueline.
De tuinstoelen zijn leeg, de krant ligt opgevouwen
op de tuintafel. Een warm geluksgevoel door-
stroomt Jacqueline. Ze zetten hun fietsen tegen
het muurtje en willen vrolijk naar binnen gaan als
Jacquelines moeder opeens in de deuropening
staat.

'Jacqueline, ik heb je overal gezocht, wil je de volgende keer zeggen dat je weggaat?' zegt ze verwijtend.

'Sorry mam, ik wist niet waar je was en papa zat zo intensief de krant te lezen dat hij me waarschijnlijk niet gehoord heeft,' jokt Jacqueline.

'Mag Cecilia zo dadelijk een broodje mee-eten, ze heeft nog niets gehad.'

'Natuurlijk, maar ik denk niet dat ik voldoende brood heb en het beleg is ook bijna op. Misschien kunnen jullie eerst even naar de supermarkt gaan en wat lekkers halen.'

'En papa dan, die moet toch zo dadelijk naar het ziekenhuis?' vraagt Jacqueline.

'Papa heeft al gegeten, maak je over die veelvraat maar geen zorgen,' lacht moeder. 'Wacht, ik zal jullie meteen geld geven en een boodschappenlijstje.'

'Ho stop, we hoeven toch hoop ik niet de boodschappen voor een hele week te halen, hè?' vraagt Jacqueline ongerust.

'Nee, dat laat ik je toch nooit alleen doen? Je

moet alleen maar wat broodjes en beleg halen.'
'Dan hoef ik heus geen briefje mee, ik heb ook
nog zoiets als hersens,' grapt Jacqueline. 'Mogen
we zelf weten wat voor brood en wat voor beleg
we kopen?' vraagt ze.
Moeder kijkt nadenkend voor zich uit. 'Eh ja, als
er in ieder geval maar kaas bij is en niet alleen
van dat zoete spul.' Ze loopt naar de kast en haalt
haar portemonnee uit de la. 'Alsjeblieft, dit moet
genoeg zijn, en geen andere spulletjes kopen,
afgesproken?'
'Dat zeg je iedere keer weer, maar ik heb toch nog
nooit dingen gekocht die ik niet moest halen,'
bromt Jacqueline.
'Je hebt weer eens volkomen gelijk, mopperkontje,
gaan jullie nu maar gauw,' grinnikt moeder.
Jacqueline en Cecilia pakken hun fietsen en
rijden vlot weg.
'Weet je,' zegt Cecilia, 'ik bedenk net iets. Je had
boodschappen moeten gaan doen in dat ene uur,
je had van alles zo mee kunnen nemen, niemand
zou het merken. En betalen kon toch niet omdat

de kassajuffrouw niet beweegt.'
Verbaasd kijkt Jacqueline haar vriendin aan, zo'n gedachte was bij haar nog niet opgekomen. 'Je hebt gelijk, ik had overal spulletjes kunnen pakken, maar dat was natuurlijk niet eerlijk geweest.'
Cecilia haalt haar schouders op, zij kijkt haar vriendin aan alsof zij misschien wel in de verleiding was gekomen.
Bij de supermarkt zetten ze hun fietsen in de fietsenrekken. 'Waarom zet je je fiets op slot?' vraagt Jacqueline, terwijl ze haar eigen fiets ook op slot doet.
'Doe niet zo onnozel, jij wilt toch ook niet dat je fiets gestolen wordt,' antwoordt Cecilia.
'Aha, en jij zou wel iets van een ander kunnen stelen?' grijnst Jacqueline.
'Ik weet het niet, misschien niet. Het was alleen maar een gedachte hoor,' verdedigt Cecilia zich.
De meisjes gaan naar de broodafdeling en zoeken uit wat ze het lekkerste vinden.
'Ik ben gek op die harde Duitse broodjes,' zegt

Jacqueline en grijpt een zak van tien.
'Ik ook, die heten Brötchen in het Duits, dat heb
ik in de vakantie geleerd.' Ook nemen ze een
halfje brood met zonnebloempitten mee, want
Jacqueline weet dat haar moeder dat heel lekker
vindt. Daarna lopen ze naar de vitrine met allerlei
kaassoorten. Plotseling staat Jacqueline als aan
de grond genageld.
'Daar, dat jongetje in die wandelwagen, dat is het
kind dat ik in de tuin gezet heb,' fluistert ze.
'Kom,' zegt Cecilia, ze pakt Jacqueline resoluut bij
de arm en duwt haar in de richting van de moeder

met het jochie. Jacqueline laat bijna de zak met Brötchen vallen en struikelt op een haar na over haar eigen voeten.

'We moeten ontdekken of dat kind je ook herkent, we gaan gewoon achter hen staan en doen alsof we boodschappen zoeken,' fluistert Cecilia.

Jacqueline knikt, Cecilia is altijd goed in het bedenken van plannetjes.

De moeder stopt bij de schappen met dieren-artikelen en pakt blikjes kattenvoer. Cecilia en Jacqueline graaien tussen de speelgoedjes voor vogeltjes en hamsters.

'Hallo Evelien! Ook weer de nodige boodschappen aan het inslaan?' vraagt een roodharige mevrouw aan de moeder van het ventje.

'Eh ja, boodschappen, ja,' zegt de moeder heel langzaam.

De roodharige vrouw kijkt haar eens goed aan. 'Wat zeg je dat vreemd, voel je je wel goed?'

De moeder schudt haar hoofd. 'Neem me niet kwalijk Jeanette, maar er is me vandaag iets vreemds overkomen. Daarom ben ik nog steeds een beetje in de war. Ik loop eigenlijk als een kip zonder kop door de supermarkt.'

'Vertel, je weet dat mij niets vreemd genoeg kan zijn. En als het geheim is, zwijg ik als het graf.'

'Goed, je bent de eerste die het hoort.'

De roodharige mevrouw is meteen een en al oor. Jacqueline en Cecilia kijken elkaar met grote ogen aan en schuifelen onopvallend wat dichter naar de dames toe zodat ze hen goed kunnen verstaan. Het jongetje kijkt Jacqueline eventjes recht in de ogen, maar geeft geen blijk van herkenning. Zou Cecilia toch twijfelen aan haar verhaal?

'Vanmorgen is er iets heel vreemds gebeurd. Ik stond voor het raam te kijken hoe Michael in de tuin tegen een bal trapte,' zegt de moeder.

'Bal mama, bal!' roept Michael enthousiast.

'Ja lieverd, na het middageten mag je samen met mama voetballen.' Ze kijkt weer op naar de andere vrouw en vertelt verder. 'Plotseling rolde de bal onder het hek door, over het trottoir, de straat op. Michael wist het hekje open te maken en rende er achteraan voordat ik ook maar iets kon doen.'

De mevrouw slaat een hand voor haar mond en kijkt de moeder van Michael verschrikt aan.

'Er kwam een auto aan en ik gilde zoals ik nog nooit gegild heb en...'

'Maar er is niets gebeurd, anders zat Michael hier nu niet in zijn wagentje,' interrumpeert de mevrouw.

'Dat is juist het gekke, ik zie de auto aankomen en op het moment dat hij Michael zal aanrijden, staat die opeens in de tuin met de bal.'

Cecilia kijkt Jacqueline vol ontzag aan. Nu weet ze zeker dat ze haar vriendin wel geloven moet.

'Hoe kan dat nou, je hebt het zeker gedroomd,' zegt de vrouw en aait Michael over zijn bolletje.

'Nee, ik droomde niet, als bij toverslag stond hij weer in de tuin, echt waar. Ik ben er nog helemaal van onder de indruk.'

'Dan moet hij een beschermengeltje gehad hebben,' lacht de vrouw. 'Wees maar blij dat het zo goed is afgelopen!'

'Dat ben ik ook, ik trakteer Michael en mij straks op een ijsje. Wil je ook een ijsje mee-eten?'
'Nou, dat laat ik me geen twee keer aanbieden!' zegt de vrouw en loopt met Michael en zijn moeder mee.

Cecilia en Jacqueline blijven staan en kijken het drietal na.

'Wauw, je bent een beschermengel Jacqueline!' zegt Cecilia en slaat een arm om haar heen. 'Mijn vriendin is een beschermengel,' zegt ze nogmaals vol ontzag. Jacqueline is er stil van, ze beseft nu pas dat ze werkelijk het leven van het jongetje gered heeft.

'Waarom vertel je het die moeder niet?' vraagt Cecilia.

'Hoe zeg je zoiets dan? "De wereld stond een uur stil en toen heb ik uw kind gered"? Dat gelooft toch zeker niemand, als iemand mij dat zou vertellen, geloofde ik het ook niet.'

'Ga je het ook niet aan je vader en moeder vertellen?' vraagt Cecilia.

'Dat weet ik nog niet, mijn vader zal me uitlachen

en zeggen dat ik een te grote fantasie heb of
zoiets.'
'En als het nu weer gebeurt?' vraagt Cecilia
nieuwsgierig.
'Wat bedoel je, dat er weer zo'n uur komt?'
Automatisch grijpt haar hand de druppel met het
horloge. Jacqueline kijkt naar de cijfers. Cecilia
heeft gelijk, het wordt natuurlijk weer twaalf uur,
vannacht en morgenmiddag ook weer. Angstig
kijkt ze naar het serieuze gezicht van haar
vriendin. 'Zal ik vragen of ik bij je mag slapen?'
vraagt Cecilia.
'Graag, ik vind het doodeng, ik moet er niet aan
denken dat ik vannacht nog zo'n uur mee moet
maken.'
'Gewoon doorslapen, dan merk je er misschien
niets van. Of je gooit het horloge weg, buiten in
een container.'
'En dan, wat gebeurt er dan? Nee, ik gooi het niet
weg, ik wacht eerst wel af. Eigenlijk ben ik ook
best wel nieuwsgierig waarom ik dit ding
gekregen heb. De jongen die het me gaf, wist

mijn naam, maar ik kende hem niet. Misschien is het toch wel een heel belangrijk horloge en is er een reden voor waarom hij het mij gegeven heeft. Maar ik zou het tof vinden als je bij me blijft vannacht.'

'Tuurlijk, ik ben toch je vriendin! Kom, we gaan wat lekkers voor op het brood zoeken, ik heb trek!'

4 De stem

'Psst, slaap jij al? fluistert Cecilia.

'Nee, nog niet, jij dan?' antwoordt Jacqueline
zachtjes.

'Wat een onnozele vraag domkop, hoe kan ik het
jou anders vragen,' lacht Cecilia en komt overeind
van haar luchtbed. 'Ik lag erover na te denken
waarom jij dat horloge hebt gekregen. Weet je, ik
denk omdat jij zo'n eerlijk kind bent. Jij zult dat
uur nooit gebruiken om er iets verkeerds mee te
doen.'

'Wie zegt dat er nog zo'n uur komt?'

'Dat is toch logisch, want dat klokje gaat van
twaalf naar dertien en daarna naar één. Dus de
tijd moet wel een uur stilstaan,' beweert Cecilia.

'Misschien slaat de wijzer van dit horloge wel snel
een uur over,' denkt Jacqueline hardop.

'Zou kunnen, maar ik denk het niet. Als je vannacht nou merkt dat ik voor dood in bed lig, wat ga je dan doen?'

'Schei uit, je wilt me alleen maar bang maken,' roept Jacqueline.

'Gaan jullie nu eindelijk eens slapen daarboven?' horen ze moeder roepen vanuit de hal. 'Het is bijna halftwaalf, jullie hebben al een hele tijd liggen giebelen en ravotten, nu wil ik dat het echt stil is, begrepen?'

'Oké, over en uit,' schreeuwt Jacqueline terug. Even is het rustig in de slaapkamer. Je hoort alleen het gedempte geluid van het televisie-programma waar moeder beneden naar kijkt.

'Jacqueline, ik wil je helemaal niet bang maken, maar als...'

'Blijf alsjeblieft samen met mij wakker tot het twaalf uur is,' piept Jacqueline.

'Natuurlijk, maar we moeten wel heel zachtjes doen anders krijgen we het met je moeder aan de stok.'

'Cecilia? Ik ben blij dat je vannacht bij me blijft, echt waar.'

'Ja, en ik ben blij dat m'n moeder het goed vond, ze kan soms zo vreselijk moeilijk doen.'
'Ach dat valt best mee, ik vind jouw moeder juist heel aardig.'
'Tegen anderen is ze aardig, maar tegen Bendriaan en mij kan ze heel nukkig zijn. Ze zegt dat ze het moeilijk vindt om ons in haar eentje op te voeden.'
'Heeft je moeder nooit een andere man ontmoet waar ze weer mee wilde trouwen?'
'Alsjeblieft zeg, ik wil helemaal geen nieuwe vader. Ik heb genoeg aan m'n moeder en die grote broer van me. Af en toe denkt hij dat hij vadertje over me kan spelen omdat hij zeven jaar ouder is dan ik,' zegt Cecilia.
'Ssst, niet zo hard, mijn moeder kan ook heel moeilijk doen,' sist Jacqueline.
'Sorry, hoe laat is het nu precies?'
Jacqueline grijpt haar wekkertje en drukt op een knopje waardoor de display oplicht. Haar hart begint te bonken als ze ziet dat de wijzer gestaag in de richting van de twaalf gaat. Zonder iets te zeggen houdt ze Cecilia de wekker voor haar neus.

'Pfff, dat schiet op. Je hoeft echt niet bang te
zijn dat ik voortijdig in slaap val, want ik vind
het veel te spannend,' fluistert Cecilia. 'Wanneer
gaat je moeder eigenlijk naar bed?'

'Meestal wacht ze tot mijn vader thuiskomt, hij heeft vanavond late dienst. Soms gebeurt er iets waardoor hij in het ziekenhuis blijft slapen, maar dan belt hij haar op.'

'Ssst, ik hoor voetstappen beneden,' zegt Cecilia hees. De geluiden van de televisie zijn verdwenen, een kraan loopt en er kraakt iets.

'Ze zet de vuile glazen in de afwasmachine,' verklaart Jacqueline. Voor haar zijn dit bekende, vertrouwde geluiden, maar momenteel voelt ze zich allesbehalve op haar gemak. 'Kom je bij me in bed liggen, dan voel ik me wat veiliger,' fluistert ze.

'Oké, kan je dat leeslampje niet aandoen, dan hoef je niet telkens op de wekker te drukken om te zien hoe laat het is,' oppert Cecilia.

'Jawel, maar als m'n moeder bovenkomt, ziet ze door de ruit boven de deur dat het licht brandt.'

'Heb je een zaklantaarn?' bedenkt Cecilia.

'Ja, hij moet ergens onder in de klerenkast liggen, tussen m'n sportschoenen.'

Jacqueline slaat het dekbed van zich af en sluipt

naar de kast. Cecilia kruipt alvast in het bed van haar vriendin. De kastdeur piept, de meisjes houden hun adem in, gelukkig er komt geen reactie van beneden. Zo zachtjes mogelijk rommelt Jacqueline tussen haar gympies, tennisschoenen en watersandalen.

'Hebbes,' sist ze en laat de kastdeur expres open-staan als ze terugloopt.

Vlug grijpt ze de druppel met het horloge van haar nachtkastje en kruipt naast Cecilia in bed. Onder het dekbed laat ze de zaklantaarn schijnen op het gouden horloge.

'Twee minuten voor twaalf,' zeggen ze allebei tegelijk. Jacqueline laat de zaklantaarn aan staan zodat ze elkaars gezichten kunnen onderscheiden. Ze wrijft over haar buik en kijkt Cecilia zenuw-achtig aan.

'Ik krijg er kramp van in mijn buik, ik moet geloof ik naar de wc.'

'Ben je betoeterd, niemand gaat nu naar de wc. Over een minuut staat de tijd misschien stil en dan kun je het toilet niet meer doorspoelen. Dan

stinkt het een uur lang naar jouw poep!' grinnikt
Cecilia.

Jacqueline glimlacht flauwtjes en bijt op haar
onderlip. Gespannen kijkt ze naar de grote
gouden wijzer van het horloge. Vier, drie, twee,
een...

'Wauw! Zag je dat, ik had gelijk, hij sloeg
inderdaad zomaar een uur over! Ben ik even blij
dat..., hé Cecilia.' Jacqueline stoot haar vriendin
aan die onbeweeglijk naar haar knieën staart.
'Dit kan helemaal niet, de tijd staat niet stil.' Ze
slaat het dekbed van zich af en kijkt naar de
wekker die één minuut over twaalf aanwijst.
'Boe! Ben jij even lekker geschrokken!' roept
Cecilia enthousiast.
'Jij misbaksel, durf je wel, ik kreeg bijna een
rolberoerte!' schreeuwt Jacqueline en valt Cecilia
aan. Ze rollen stoeiend van het bed op de grond
en schateren het uit. Plotseling gaat de deur
open.
'Zo, en nu is het afgelopen, anders mag Cecilia
hier nooit meer slapen, begrepen!' Moeder staat

met haar handen in de zij toe te kijken hoe Cecilia en Jacqueline nog nahikkend overeind komen.

'Sorry mam, je hebt gelijk, we zullen nu echt gaan slapen, erewoord!'

'Mmm, of ik dat geloven moet, ik neem die zaklantaarn mee naar beneden, morgen krijg je hem terug. En nu allebei in bed, welterusten!'

'Trusten mam, trusten Cecilia,' zegt Jacqueline en kruipt opgelucht onder het dekbed.

'Welterusten,' prevelt Cecilia en gaat op het luchtbed liggen.

Moeder doet de deur zachtjes achter zich dicht.

'Jacqueline, morgen tussen de middag gaan we weer samen kijken of het horloge een uur overslaat, oké?' fluistert Cecilia.

'Ja, nu slapen, trusten.' Jacqueline ademt een keer diep in en uit, ze is ongelooflijk opgelucht dat er geen griezelige dingen gebeurd zijn. Eigenlijk voelt ze nu pas hoe vermoeid ze is en laat zich dan ook heerlijk wegglijden in een diepe slaap.

'Goed gedaan Jacqueline, je hebt Michael van de dood gered. De volgende keer gaat het om meer mensenlevens.'

Met een ruk schiet Jacqueline overeind in bed. Verwilderd kijkt ze om zich heen. De stem was beslist niet van Cecilia want die ligt met haar ogen dicht en mond open te slapen, maar van wie dan wel? Ze schudt haar hoofd heen en weer, ze heeft toch zeker niet gedroomd? Ze werpt vlug een blik op de wekker, het is al bijna halfnegen. Zachtjes staat Jacqueline op en loopt op haar tenen naar de deur. Met een enorme ruk trekt ze de slaapkamerdeur open. Op de overloop is niemand te bekennen. Ze hoort alleen uit de slaapkamer van haar ouders het zachte gesnurk van haar vader.

'Wat is er aan de hand?' kreunt Cecilia die slaperig overeind komt van haar luchtbed.

'Niks, ga maar verder slapen, alleen..., nee laat maar.'

'Alleen wát? Vertel op!' Cecilia wrijft de slaap uit haar ogen en kijkt haar vriendin ongerust aan.

Jacqueline gaat in kleermakerszit bij Cecilia op het luchtbed zitten.

'Ik hoorde zo-even een stem, maar er is niemand in de kamer geweest.'

'Wat is dat nou voor flauwekul, een stem hoort bij een persoon. Als er niemand hier was kan er ook niemand gesproken hebben.'

'Toch was het zo, ik hoorde hem duidelijk,' mijmert Jacqueline.

'Hem! Het was dus een mannenstem, en wat zei die dan?' vraagt Cecilia nu toch wel nieuwsgierig.

'Ik weet eigenlijk niet of het een man of een vrouw was. De stem zei dat ik dat joch gered had en dat ik de volgende keer nog meer mensen moet redden.'

'Ach, je hebt gedroomd, logisch na al die belevenissen die je gisteren hebt meegemaakt,' zegt Cecilia nuchter.

'Ik weet het niet, het voelde niet als een droom.'

Cecilia schudt haar hoofd en kijkt Jacqueline zorgelijk aan. Ze gaat op haar knieën zitten, slaat de armen om de nek van haar vriendin en drukt

haar tegen zich aan. Zonder iets te zeggen
blijven ze zo wel een minuut lang zitten, totdat
Cecilia plotseling loslaat.
'Kom, we gaan naar beneden en maken het ontbijt
klaar. We kunnen je moeder maar beter verrassen
zodat ik nog eens bij je mag slapen.'
'Ja, goed idee. Na gisteravond zal ze zeker niet
meer zo enthousiast zijn,' grinnikt Jacqueline en
sluipt achter Cecilia aan de slaapkamer uit.

5 Boeing 747

Met haar pen loopt Jacqueline naar de kalender
en zet een kruisje bij zaterdag 18 augustus. Dat
was de dag dat ze het horloge gekregen had en
de tijd een uur stilstond. Nu is het dinsdag en er
is sindsdien niets meer gebeurd. Misschien blijft
het toch bij die ene keer en heeft ze de stem
inderdaad gedroomd. Ze bladert door de kalender
en telt hoeveel dagen het nog duurt voor ze weer
naar school moet. Wat gaat de tijd langzaam!
Nog dertien dagen wachten voordat ze al haar
vrienden en vriendinnen weer ziet. En tot over-
maat van ramp is Cecilia ook nog op vakantie
gegaan. Eigenlijk wilde Cecilia helemaal niet naar
haar oom in België, maar ze had geen keus.
Bij zondag zesentwintig augustus schrijft
Jacqueline: Cecilia terug!

Ze grijpt de druppel die om haar nek hangt. Het is bijna twaalf uur, zal er straks iets gebeuren? Jacqueline zucht, eigenlijk is ze best moe van dat horloge. Overdag houdt ze telkens de tijd in de gaten en 's nachts slaapt ze onrustig. Elke keer rond middernacht wil ze wakker zijn om te zien wat er gebeurt. Tot nu toe keek ze uit het slaapkamerraam naar bewegende dingen, zoals een sluipende kat of de blaadjes in de bomen. Alles bleef normaal in beweging en het werd geen bevroren wereld.

Jacqueline loopt naar haar bureaustoel en gaat zitten. Het hele gedoe van afgelopen zaterdag komt haar voor als iets onwerkelijks. Nu ze er aan terugdenkt, lijkt het allemaal zo absurd. Als ze het op school zou vertellen, zou niemand haar geloven, dat weet ze zeker.

Ze kijkt door het raam en ziet een paar schapenwolkjes in de lucht drijven. Misschien wil mama straks met haar naar het zwembad, dan...

Jacqueline houdt plotseling haar adem in. De wolkjes staan stil! Vlug werpt ze een blik op het horloge, het is zeven seconden over twaalf. En de secondenwijzer van haar wekker staat stil. Ojee, nu gaat het dus toch gebeuren. Jacquelines maag draait zich om in haar lijf, ze voelt hoe het zweet haar aan alle kanten uitbreekt. In haar hoofd duizelt het, ze doet haar ogen dicht. Een onzichtbare kracht trekt haar omhoog en ze voelt hoe ze uit haar lichaam weggezogen wordt. Met een duizelingwekkende vaart verwijdert ze zich van haar lichaam. Jacqueline opent haar ogen en ziet de aarde onder zich langs glijden. Het voelt alsof ze vastgehouden wordt, aan een koord of zoiets. Ze kijkt achterom, maar kan niets ontdekken. Wat gebeurt er met haar, gaat ze dood? Ze ziet de oppervlakte van de aarde steeds kleiner worden en in paniek kijkt ze omhoog. Een vliegtuig! Ze vliegt rechtstreeks op dat stilstaande vliegtuig af, dit wordt een botsing! Jacqueline doet haar handen voor haar hoofd, maar voelt haar hoofd niet. Daar komt de klap... Jacqueline zeilt dwars door de buik van het vliegtuig en voelt niets. Ze kijkt om zich heen en ziet dat ze tussen de

stoelen met passagiers staat. Het herinnert haar
aan vorig jaar toen ze met haar ouders naar
Griekenland is gevlogen. Maar nu staren de
meeste mensen als wassen beelden voor zich uit,
anderen slapen.
Wat moet ze hier? Ze begrijpt er niets van.
Misschien moet ze naar de cockpit, waar de
piloot is. Ze wil tussen de rijen stoelen door naar
voren lopen, maar merkt dat haar voeten
nauwelijks de grond raken, eigenlijk zweeft ze.
Jacqueline passeert een stewardess die bij een
karretje staat en een mevrouw een bekertje koffie
aanreikt. Ze zweeft tot aan een deur, wil de klink
beetpakken maar is al in het volgende vertrek
voor ze het beseft. Ook een volgende deur is geen
enkel obstakel voor haar en ze gaat er dwars
doorheen. Jacqueline ziet de piloot die de
stuurknuppel vasthoudt. De copiloot zit naast
hem, hij lacht. Ze kijkt langs zijn hoofd uit het
raam. Er is niets bijzonders te zien: een heldere
blauwe lucht en eronder een deken van witte
wolken. Moet ze hier iemand helpen, iemand die

in nood is? Opeens herinnert ze zich de stem: De volgende keer gaat het om meer mensenlevens. Misschien moet ze terug naar de passagiers om te zien of ze daar iets kan doen.

Jacqueline komt in beweging en zweeft door de deuren terug naar de buik van het vliegtuig. Tot haar verbazing vliegt ze over de stewardess die in het gangpad staat naar de achterkant. Een meneer staat op het punt het toilet binnen te gaan. Jacqueline voelt hoe ze naar de vloer getrokken wordt en er doorheen zakt. Ze komt uit in het laadruim waar kisten, dozen, koffers en tassen staan. En er is vuur! Jacqueline ziet grote oranje vlammen die aan een weekendtas likken. De vlammen hebben zich al te goed gedaan aan een paar andere tassen en koffers. Hier en daar is het kunststof van koffers gesmolten. Ze moet zorgen dat het vuur gedoofd wordt, anders vliegt straks het hele vliegtuig in brand! Misschien is het brandalarm niet afgegaan, want niemand schijnt iets in de gaten te hebben. En er ligt ook geen water op de vloer, dus er wordt kennelijk

ook niet automatisch gesproeid. Er moet ergens
een storing opgetreden zijn, want het is natuurlijk
belachelijk dat er brand is zonder dat iemand dat
weet. Ze moet een brandblusser hebben, waar
haalt ze die vandaan?

Jacqueline kijkt om zich heen maar ziet nergens
zo'n rode bus hangen. Ze zweeft door het plafond
van het laadruim naar boven en komt uit in een
klein keukentje. Water! Dat kan natuurlijk ook! Ze
moet opschieten want ze heeft er geen idee van
hoeveel tijd ze nog heeft. In een kastje vindt ze
een emmer. Vol verbazing ziet ze dat haar hand
het hengsel beetpakt, maar ze voelt het niet. Ze
zet de emmer onder de kraan. Maar hoe Jacqueline
ook aan de kraan draait, er komt geen water uit!
Het water staat ook stil, wat moet ze nou doen?
Ze duwt tegen de deur maar valt er voorover
doorheen. Gelukkig doet vallen nu geen pijn.
Haar ogen zoeken de wanden af. Daar! Een rood
brandblusapparaat! Meteen haalt Jacqueline het
ding van de muur en gaat in het gangpad staan.
Langzaam zakken haar voeten door de vloer.

Jacqueline kan nauwelijks geloven dat haar dit echt overkomt. Of zou ze toch in een diepe droom verzeild zijn geraakt? Nou ja, dan moet ze in haar droom de brand ook maar blussen, dat is in ieder geval veiliger.

Ze leest de vetgedrukte gebruiksaanwijzing op het apparaat zorgvuldig door. Met ingehouden adem voert ze de handelingen uit en richt de rode bus op de vlammen. Een lading schuim spuit met kracht naar buiten.

Jacqueline kan de bus nauwelijks vasthouden, ze zwiept ermee heen en weer en bedekt alle koffers en tassen met een sneeuwwitte laag. Met moeite krijgt ze de bus onder controle en spuit de grootste lading op de vlammen. Ziezo, die zullen straks, als de klok weer gaat lopen, geen kans meer hebben om hun vernietigende werk voort te zetten! Ze legt het blusapparaat op de grond en bekijkt tevreden het witte sprookjeslandschap.

Jacqueline wordt duizelig en voelt hoe ze weg-getrokken wordt. Ze geeft zich aan het gevoel over en zoeft door de wand van het vliegtuig naar buiten. Als een vlieger die ingehaald wordt, trekt een onzichtbaar koord haar terug naar haar lichaam. Jacqueline wil blijven kijken maar alles golft en draait zo snel, dat ze haar ogen wel dicht moet doen.

Met een klap komt ze tot stilstand en voelt zich misselijk. Een loodzwaar gevoel maakt zich van haar meester en Jacqueline valt voorover met haar hoofd op het bureau.

'Jacqueline, Jacqueline, word wakker! Kind, wat is er met je aan de hand!' Langzaam dringen de woorden van haar moeder tot Jacqueline door.

'Hè? Wat is er...' Ze voelt hoe haar moeder haar bij de schouders naar achteren trekt. 'M'n hoofd, au... m'n hoofd doet pijn,' kreunt Jacqueline. Ongerust draait moeder de stoel met Jacqueline naar zich toe en kijkt haar dochter recht in de ogen.

'Kindje, je bent toch niet ziek?' vraagt ze en legt een hand op haar voorhoofd.

'Hoe... hoe laat is het?' vraagt Jacqueline hees.

'Vier uur, ik heb je geroepen voor een kopje thee,
maar je reageerde niet. Heb je de hele tijd hier op
je kamer gezeten?'
Jacqueline knikt ja en schudt nee, ze weet het
allemaal niet meer. Langzaam komen er flarden
bovendrijven van een vliegtuig en vuur.

'Kom, een kopje thee zal je goed doen, en ga vanavond maar eens vroeg naar bed.'

'Kom eens even bij me op de bank zitten, Jacqueline,' zegt vader. 'Je ziet er vermoeid uit, en dat nog wel in je vakantie.'

Jacqueline ploft naast hem neer en legt haar hoofd tegen zijn schouder. Vader slaat een arm om haar heen. Zo kan ze voor haar gevoel uren zitten als ze maar niet hoeft te praten. Gelukkig staat de televisie aan, dus de kans dat hij haar vragen gaat stellen, is klein. Zeker nu het Journaal begonnen is.

'In een Boeing 747 van de KLM is vandaag brand uitgebroken.'

Als een pijl schiet Jacqueline overeind en staart met grote ogen naar de buis waar het vliegtuig op te zien is.

'Pas na de landing, toen men de bagage wilde uitladen, is dit ontdekt. Door een technische storing is de sproeiinstallatie in het laadruim, waar de brandhaard zich bevond, niet in werking getreden. Iemand moet de brand opgemerkt hebben, want de vlammen zijn gedoofd door het gebruik van een brandblusser. Niemand is echter getuige geweest van deze opmerkelijke blusactie.'

'Sinds wanneer ben jij geïnteresseerd in het Journaal?' grapt vader en kijkt verbaasd naar zijn dochter.

'Sst, ik luister!'

'De bemanning en de passagiers van het vliegtuig staan voor een raadsel. Er is namelijk niemand die beweert de brand geblust te hebben. Het gerucht dat er een verstekeling aan boord geweest is, wordt als onmogelijk beschouwd.'

Jacqueline ziet een man in beeld die verdwaasd uit z'n ogen kijkt. 'We zijn met z'n allen aan de dood ontsnapt,' zegt hij geroerd. 'Er moet van hogerhand ingegrepen zijn, dat kan niet anders.'

Een dikke mevrouw knikt en kijkt de man aan met tranen in de ogen. 'Ik weet zeker dat we een beschermengeltje gehad hebben.'

'Wat een flauwekul!' zegt vader. 'Natuurlijk heeft een steward of stewardess die brand geblust. Misschien is het vuur wel door dezelfde persoon

ontstaan en durft die er niet over te praten.'
Jacqueline zegt niets, maar kijkt gespannen naar
de piloot en de stewardess die geïnterviewd
worden. Een heerlijk warm gevoel trekt door haar
lijf. Het is gelukt! Ze heeft de vlammen werkelijk
gedoofd! Het liefst zou ze het uit willen
schreeuwen tegen haar vader en moeder: Ik heb
dat gedaan, ik heb die brand geblust! Maar ze
weet dat ze haar nooit zullen geloven, ze gelooft
het zelf amper. De nieuwslezer gaat verder over
politiek. Jacqueline laat haar hoofd weer tegen
haar vaders schouder zakken. Tevreden laat ze
zich een beetje knuffelen.
'Dat was een mooi sprookje voor het slapen gaan,
meisje,' gniffelt vader. 'Kom, ik breng je naar
bed.' ♠

6 De truck

*'Je hebt uitstekend werk verricht, Jacqueline, je
kunt trots op jezelf zijn.'*
'Weet ik,' mompelt Jacqueline. 'Ik heb de mensen
uit het vliegtuig op het Journaal gezien.'
*'Luister goed, binnen zeer korte tijd word je nog-
maals ingeschakeld. Echter, jouw actie zal gedeeltelijk plaats moeten vinden buiten het extra uur.'*
'Hoezo buiten het extra uur...'
*'Als het uur voorbij is, ben je nog niet klaar. Het is
mogelijk dat iemand je vindt terwijl jij nog 'aan
het werk' bent. Probeer problemen te voorkomen
door een goed plekje te kiezen om twaalf uur. Veel
succes.'*
'Wacht even, met wie praat ik eigenlijk!' Geschokt
richt Jacqueline zich op en tuurt de donkere
kamer in. Ze hoorde toch duidelijk iemand tegen

haar praten. Een blik op de wekker verraadt dat
het tien over drie is. Kreunend zakt ze weer
achterover op het kussen en denkt na over de
woorden die ze duidelijk heeft verstaan. Binnen
zeer korte tijd staat er weer iets te gebeuren,
maar over hoeveel tijd is dat? Misschien wel de
komende middag. Gedeeltelijk buiten het extra
uur, het duurt dus zo lang dat ze niet op tijd
terug kan zijn. Dan moet ze ervoor zorgen dat ze
een goede schuilplaats heeft! In gedachten gaat
Jacqueline alle plekjes in en rondom het huis af
waar ze zich het beste zou kunnen verstoppen. In
haar hoofd tollen de ideeën in het rond tot ze
opnieuw in slaap valt.

'Jacqueline, telefoon voor jou, het is Cecilia,'
roept moeder van beneden. Jacqueline laat de
pen op haar bureau vallen en rent de trap af. Ze
rukt de draagbare telefoon bijna uit haar moeders
handen.
'Nou nou, een beetje minder enthousiast kan ook
wel,' grinnikt moeder.

Jacqueline loopt al pratend de trap op. 'Hoi, met Jacqueline ... ja, hoe is het bij je oom? ... O, hier is het ook nog steeds warm ... Nee, heb jij toevallig het nieuws op de televisie gezien? ... Jammer, er was brand in een vliegtuig en die brand heb ik geblust! ... Nee, echt waar! ... Je weet wel, om twaalf uur precies. En het was heel raar, mijn lichaam was hier en ik was boven in de lucht. Ik kon zo door alle wanden van het vliegtuig heen vliegen ... Geen grapje, het ís zo! ... Nee, ik ben alleen op mijn kamer ... Natuurlijk niet, die geloven er toch geen snars van ... Wacht even ...'

Jacqueline draait zich om kijkt in de grote verbaasde ogen van haar moeder die op de drempel staat.

'Wie gelooft wat niet? En wat is dat voor verhaal over een vliegtuig?'

'Mam! Ik praat met Cecilia, ik mag me ook nooit met jouw gesprekken bemoeien!'

'Je hebt gelijk, ik ga al weg.'

'Ben je daar nog? ... Ja, ik schrijf het allemaal op

in een schrift, want het is zo'n bijzondere belevenis ... Niet als verhaal, maar zoals het echt gegaan is ... Natuurlijk geloof ik het zelf, wat is dat nou voor stomme vraag ... ja ... stop, ik hoor iets.' Jacqueline loopt naar de deuropening en kijkt naar links en naar rechts.

'Loos alarm ... Nee, het lijkt me beter dat ik je dat vertel als je er weer bent ... Liever niet door de telefoon ... Ja, je mag het ook lezen ... Ik heb die stem weer gehoord ... Niemand ... Dat het de volgende keer buiten het extra uur gebeurt ... Geen flauw idee ... Natuurlijk ben ik voorzichtig ... Ik jou ook ... Doe de groeten maar terug ... Ja, doei!'

Jacqueline drukt op het knopje met de telefoonhoorn erop. Langzaam loopt ze de trap af en brengt het toestel terug naar de woonkamer.

'Jacqueline?' zegt moeder.

'Je bent natuurlijk nieuwsgierig hè? Nou, met Cecilia is alles goed en je moet de hartelijke groeten hebben,' antwoordt Jacqueline.

'Wat was dat nou over een vliegtuig?'

'Ach, papa en ik hebben gisteren op het Journaal iets gezien over een brand in een vliegtuig. Daar schrijf ik een verhaal over voor school.'
'Maar je had het over je lichaam hier en jij daarboven, wat bedoel je daarmee?'
'Pfff, moet ik meteen alles verklappen? Later mag je het misschien wel eens lezen, nou ga ik verder schrijven, hoor.'
Vlug ontloopt Jacqueline meer vragen door naar haar kamer te gaan. Ze pakt de pen en steekt hem in de mond. Haar ogen glijden over de zinnen die ze geschreven heeft. Als iemand dit leest, kan ze zich voorstellen dat die er niets van gelooft. Toch weet zij maar al te goed dat het de waarheid is. Gespannen kijkt ze op haar wekker, het is al bijna kwart voor twaalf! Door dat telefoongesprek heeft ze helemaal de tijd vergeten. Ze klapt het schrift dicht en legt het onder haar donkerblauwe jeans in de klerenkast. Het koord met de druppel duwt ze helemaal in de neus van haar tennisschoen. Ze wil niet dat het in verkeerde handen terechtkomt, want wie weet wat er allemaal gebeuren gaat. Ze

was eigenlijk van plan zich op het toilet te verstoppen, maar haar moeder is er te dichtbij. En een deur op slot doen vindt ze een beetje eng. Misschien is het nog het beste als ze gewoon op haar kamer blijft, in bed. Zou er toch iemand binnenkomen, dan lijkt het net alsof ze slaapt. Vijf voor twaalf...

Jacqueline gaat liggen en doet haar ogen dicht. Het is stil op haar kamer, beneden klapt een deur. Als haar moeder nou maar niet naar boven komt! Het is stil, veel te stil, vindt Jacqueline en springt op. Vlug stopt ze een cd in de cd-speler, drukt op play en duikt terug op bed. Ritmische dreunen en synthesizerklanken vullen de slaapkamer. Jacqueline laat haar tenen bewegen op de maat van de muziek. Het duurt niet lang of haar hoofd en vingers dansen ook mee.

Als het volgende lied begint, gluurt Jacqueline eventjes tussen haar wimpers door naar de wekker. Twee voor twaalf en ze voelt nog niets bijzonders. Misschien ligt ze hier voor Jan Joker te wachten en gebeurt het pas vannacht.

Het wachten maakt haar nerveus, was Cecilia maar hier. Het is stil... nee, toch niet, een nieuw nummer begint. Het kan nu niet lang meer duren, het moet bijna twaalf uur zijn.

Abrupt stopt de muziek. Met ingehouden adem luistert Jacqueline naar de onheilspellende stilte. Langzaam golft er een draaierig gevoel door haar hoofd. Zwevend verlaat Jacqueline haar lichaam en laat zich meevoeren door de onbekende kracht die haar bestuurt. Opnieuw ervaart ze dat ze vastzit aan een onzichtbaar koord. Het is gek, maar het geeft haar een veilig gevoel. Jacqueline geniet van de heerlijke sensatie gewichtloos te zijn. Vol verwondering merkt ze hoe eenvoudig ze door wanden en muren glijdt. Ze ziet het huis onder zich kleiner worden en zweeft over de stad, over weilanden en het bos. Ze wordt niet zo snel en zo hoog opgetrokken als de vorige keer. Dit is prachtig, dit zie je ook als je in een luchtballon zit, denkt Jacqueline.

Onverwachts schiet ze er als een bliksemschicht vandoor. Het gaat zo snel dat ze alleen nog maar

kleuren onder zich ziet. Kleuren in alle
schakeringen zoeven onder haar door, tot ze
afgeremd wordt en een snelweg ziet. Auto's,
vrachtwagens, campers en caravans staan op de
vierbaansweg. Jacqueline zakt langzaam naar
beneden en glijdt door het dak van de cabine van
een truck. Ze komt naast de chauffeur terecht.
Verbluft staart Jacqueline voor zich uit, ze heeft
geen idee hoe lang ze onderweg is geweest. De
digitale autoklok laat zien dat het twaalf uur is,

daar heeft ze niets aan. Wat moet ze hier in vredesnaam?

In zo'n cabine zit je wel hoog, denkt Jacqueline. Ze overziet de verkeerssituatie, er is geen ongeluk gebeurd. Misschien gáát er nog een ongeluk gebeuren, flitst het door haar hoofd. Maar waar dan, en hoe moet ze dat voorkomen? Ze bestudeert nog eens alles wat ze ziet. Voor de vrachtwagen 'rijdt' een witte bestelbus en daarvoor een rode auto. In de zijspiegel ziet ze dat achter hen een camper 'rijdt'. Nou ja, ze denkt wel 'rijdt', maar ze staan natuurlijk stil. Maar of er iets op de weg naast de vrachtwagen 'rijdt', kan ze niet zien.

Tot Jacqueline bedenkt dat dit voor haar geen enkel probleem is. Ze zweeft door het dak heen en ziet dat de vrachtwagen ingehaald gaat worden door een donkerblauwe auto. Niets wijst erop dat er een ongeluk zal gebeuren. De truck vervoert, voor zover ze dat kan zien, iets vloeibaars. Achter de cabine is een heel grote tank. Jacqueline zeilt om de truck heen, en kijkt eronder of de tank misschien lekt. Waarom heeft uitgerekend zij dat horloge gekregen, ze heeft helemaal geen verstand van vrachtauto's! Misschien moet ze toch nog wat beter in de cabine kijken. Ze zweeft door de voorruit naar binnen pal voor de neus van de chauffeur langs. Hij zit met zijn ogen dicht en heeft de handen om het stuur geklemd. Dat is het! Hij is in slaap gevallen en dat is levensgevaarlijk! Hoe krijgt ze die man wakker als de tijd stilstaat?

Jacqueline drukt hard op de claxon, maar ze hoort niets. Natuurlijk, ze moet wachten tot het extra uur voorbij is en de tijd weer verdergaat. Dat heeft de stem immers ook gezegd. Maar zou die man haar dan ook kunnen zien? Die schrikt zich natuurlijk een hoedje als zij opeens naast hem zit. Jacqueline draait haar hoofd voor de spiegel... geen hoofd. Eigenlijk zit ze ook niet naast deze man, maar ligt ze thuis op bed. Nou maar hopen dat haar moeder haar straks niet vindt. Wat zal er gebeuren als ze haar niet wakker kan krijgen? Als bij toverslag rijdt de auto, en hoort ze het

kabaal van een snelweg. Het extra uur is voorbij!
De truck rijdt naar links en Jacqueline reageert
acuut door een ruk aan het stuur te geven. Ze
hoort de gierende remmen van de blauwe auto,
die daarna al toeterend voorbijrijdt. Met haar
vuist drukt ze op de claxon. De chauffeur schrikt
op en rijdt op de rechterweghelft verder.
'Stelletje lawaaischoppers, ik zie jullie heus wel,'
moppert hij.
Verbijsterd ziet Jacqueline hoe de man vecht
tegen de slaap. Telkens gaan zijn ogen even
dicht, tot ze opnieuw gesloten blijven.
'Hé! Word wakker man, straks rijd je nog iemand
dood!' gilt Jacqueline.
De man reageert niet, zijn hoofd zakt op zijn
borst. De truck zwenkt naar rechts en daarna
weer naar links. De auto's achter hen reageren op
het slingeren met luid getoeter. Ook Jacqueline
drukt nogmaals op de claxon, zonder effect. Ze
slaat de man hard in zijn gezicht, maar ze voelt
het zelf nauwelijks. Jacqueline grijpt het stuur
beet en draait naar rechts, zodat de auto weer

recht naar voren rijdt. Wat moet ze doen zodat hij
wakker wordt? Vlug laat ze het stuur los en knijpt
de neus van de chauffeur dicht. Hij hapt naar
adem en schrikt wakker.
'Ik moet stoppen, ik kan m'n ogen niet meer open
houden.'
'Precies! De eerste de beste parkeerplaats moet je
van de weg af!' schreeuwt Jacqueline. Even lijkt
het dat hij wakker blijft, maar dan beginnen zijn

ogen weer te knipperen. Jacqueline bedenkt zich
niet en drukt meteen op de claxon. De chauffeur
schrikt en kijkt verbaasd naar de claxon. Jacqueline
ziet een blauw bord met een witte P erop.
Gelukkig ziet de chauffeur het ook en doet de
richtingaanwijzer naar rechts. Hij remt af en rijdt
over de uitrijstrook de parkeerplaats op.
Jacqueline slaakt een zucht van verlichting.
'Ik zou toch zweren dat iemand mij gewaarschuwd
had,' mompelt de chauffeur. Jacqueline voelt hoe
ze naar boven getrokken wordt. Het onzichtbare
koord staat strak en trekt haar mee. Het gaat met
zo'n duizelingwekkende snelheid, dat ze haar
ogen wel dicht moet doen. Als een windvlaag
suist ze door de lucht totdat de snelheid mindert.
Vaag dringt het geluid van een sirene tot haar
door. Ze opent haar ogen en ontdekt dat ze boven
een rijdende ambulance zweeft. Het koord trekt
haar de ambulance in en plotsklaps wordt het
zwart voor haar ogen.

7 Ferdinand

'Lieverd, word nou toch wakker alsjeblieft,' roept moeder wanhopig vlakbij Jacquelines oor. De ambulance raast met loeiende sirene door de straten. Bij het ziekenhuis remt de auto af en blijft staan. De deuren aan de achterkant worden opengerukt en broeders trekken de brancard uit de auto. Automatisch klapt het onderstel naar beneden en wordt Jacqueline weggereden. Haar moeder holt er ongerust achteraan tot ze haar man ziet aankomen.

'O Ronald, laat haar alsjeblieft beter worden, ik weet niet...'

'Vertel eerst eens precies wat er gebeurd is,' zegt Jacquelines vader.

'Wist ik dat maar! Ik ging naar haar kamer om haar te vragen of ze mee wilde naar de bibliotheek en toen lag ze op bed. Ik vond het vreemd dat ze overdag lag te slapen en probeerde haar wakker te maken. En dat lukte niet, het lijkt wel of ze in coma is. Maak haar wakker, Ronald, ik smeek het je!' snikt moeder.

Vader kijkt haar ongerust aan en legt een arm om haar schouder.

'De laatste tijd ziet ze er al zo vermoeid uit, vind ik. Laten we hopen dat het niets ernstigs is. Ik ga haar meteen onderzoeken, kom mee.'

Jacqueline is van de brancard op een bed gelegd. Haar ogen zijn gesloten, haar ademhaling gaat zwaar.

'Kijk nou toch hoe bleek haar gezichtje is,' huilt moeder.

Vader legt twee vingers bij Jacqueline in de hals en vervolgens een hand op haar voorhoofd.

'Meisje, meisje, wat is er toch met je aan de hand?' Hij pakt zijn stethoscoop en beluistert het hart.

Jacqueline zucht diep en kreunt. De geluiden dringen langzaam tot haar door. Hoort ze haar

vader praten vlakbij haar hoofd? Met moeite
opent ze haar ogen.
'Waar... waar ben ik?'
'Jacqueline!' Moeder neemt haar gezicht in haar
handen en drukt haar wang tegen de hare.
Jacqueline voelt dat de wang nat is.
'Je bent in het ziekenhuis,' antwoordt vader. 'Wat
is er eigenlijk met je gebeurd?'

'Weet ik niet,' mompelt Jacqueline. Koortsachtig vliegen de herinneringen aan haar voorbij.
'Ik heb een cd-tje opgezet en toen ben ik geloof ik in slaap gevallen,' zegt ze.
'We gaan een e.e.g., een hersenfilmpje, van je maken,' kondigt vader aan.
Het kan Jacqueline allemaal niets meer schelen, als ze maar mag slapen. Ze is bekaf en voelt zich loodzwaar, alsof ze door het bed kan zakken. Ze doet haar ogen weer dicht.
'Dat kind is oververmoeid, maar waarvan?' vraagt vader zich af.

'Je hebt het geweldig gedaan, Jacqueline, je hebt veel mensen een hoop ellende bespaard.'
Langzaam dringt het tot Jacqueline door dat dit niet haar vaders stem is maar die van de grote onbekende.
'Ik heb veel van je energie gebruikt, het spijt me. Breng het horloge naar Ferdinand Folkertsma, hij logeert het weekend bij de familie Verbruggen in de Nansenstraat nummer 312. Ik herhaal:

Ferdinand Folkertsma, bij de familie Verbruggen,
Nansenstraat 312. Als je uitgerust bent, zal het je
goed gaan, nogmaals hartelijk dank.'
Jacqueline gaat voorzichtig rechtop in bed zitten,
haar hoofd voelt nog zwaar aan. Langzaam draait
ze haar hoofd naar links en ziet nog drie meisjes
op de kamer liggen.
'Hallo mafketel, jij kan slapen zeg!' glimlacht het
meisje dat naast haar ligt.
'Hoe lang ben ik hier al?'
'Gisteren ben je binnengebracht, maar ze hebben
gezegd dat je weer naar huis mag als je wakker
bent. Jou mankeert niets.'
Jacqueline denkt na. 'Heb je toevallig een pen en
papier voor me? Ik moet snel iets opschrijven
voor ik het vergeet.'
Het meisje grabbelt in een laatje en haalt er een
potlood en een memoblokje uit.
'Dank je.' Vlug noteert Jacqueline de naam en het
adres van de jongen. Ze scheurt het papiertje van
het memoblok af en geeft de rest terug.
'Aardig dat je ook even informeert wat wij manke-

ren,' zegt het tweede meisje cynisch.

'Sorry, ik was nog zo met mijzelf bezig dat ik er niet aan gedacht heb. Het spijt me, natuurlijk wil ik graag weten waarom jullie hier liggen,' verontschuldigt Jacqueline zich.

'Mirte is geopereerd aan een blindedarmontsteking, Angelique aan haar knie en ik lig hier voor onderzoek omdat ik zo'n last van mijn maag heb.'

Jacqueline knikt. Een zuster komt binnen met een karretje waar brood en drinken op staat. 'Zo Jacqueline, als jij je ontbijt op hebt, komt je moeder je halen,' lacht ze.

Achter haar duikt een dokter in zijn witte jas op. 'En hoe is het met mijn kleine meid?' zegt hij vrolijk.

'Goed, ik mag straks weer naar huis.'

Vader buigt zich over Jacqueline heen en kust haar op de neus. 'Ik weet niet waarom, maar ik heb het gevoel dat die vermoeidheid te maken heeft met dat vreemde horloge dat je gekregen hebt.'

Jacqueline voelt dat ze kleurt.

'Waar heb je dat ding, ik wil hem nader bestuderen,'
zegt vader ernstig.

'Ik... ik heb hem verloren, ik denk dat het koord
geknapt is,' jokt Jacqueline.

'Des te beter, maar ik houd je goed in de gaten,
dame!' grapt vader. 'Ik moet aan het werk, mama
zal dadelijk wel komen. Eet smakelijk en tot
vanavond, dag meiden!' roept vader.

Zaterdag loopt Jacqueline door de Nansenstraat.
Ze gaat bij de gele flat naar binnen waar de
nummers 298 tot en met 346 op staan. Met de
lift zoeft ze naar de tweede etage. Ze loopt voor
de deuren langs met de nummers 308, 310 en
staat stil bij 312. Met kloppend hart drukt ze op
de bel. Een mevrouw doet de deur open en kijkt
haar afwachtend aan.

'Is Ferdinand Folkertsma er ook?' vraagt
Jacqueline.

'Ja, Ferdinand, kom eens even, een meisje voor
jou!' roept de vrouw. Een jongen met kort blond
haar en een oorbel in zijn rechteroor komt naar

de deuropening. Jacqueline geeft hem een doosje en kijkt hem doordringend aan.
'Wat is dit, wat moet ik hiermee?' Jacqueline weet niet wat ze zeggen moet, draait zich om en rent er vandoor.
'Hé wacht, ik weet helemaal niet wie je bent en waarom ik dit...' De woorden sterven weg en Jacqueline gaat snel met de lift naar beneden en holt naar huis.

Jacqueline pakt haar schrift en schrijft haar laatste belevenis op. Aan de ene kant is ze blij dat ze het horloge kwijt is, aan de andere kant vindt ze het ook jammer. Nu wordt Ferdinand beschermengel, alleen weet hij het nog niet. Met een dikke streep eronder sluit ze haar verhaal af. Ziezo, als Cecilia weer terug is, mag ze het allemaal lezen. ♦

Toekomstzolder

Een maand later komt Ferdinand
Jacqueline tegen. Wat vertelt hij
haar?

De 'even-alleen-zijn'-kamer

Stel je eens voor: net als Jacqueline
krijg je een extra uur.

Jacqueline vertelt haar geheim aan Cecilia.
Aan wie zou jij het vertellen?
Wie zou je dan willen redden?
Stel dat je mocht kiezen, aan wie zou je de
druppel doorgeven?

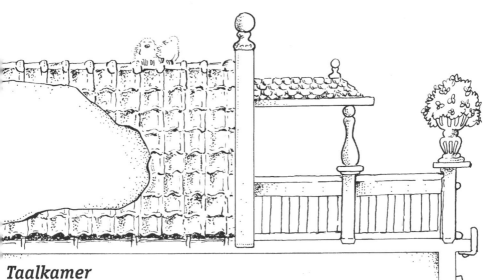

Taalkamer

Ze krijgt kippenvel in haar hoofd.
Jacqueline krijgt het plotseling ijskoud, terwijl het zweet haar
aan alle kanten uitbreekt.

Kippenvel in je hoofd?
IJskoud zweet?

De plas duurt eeuwig, het lijkt of de straal vastzit tussen de
hond en de boom.

Kun jij je voorstellen hoe dat eruitziet?

Heleen Vissinga stuurde een e-mail
aan alle lezers.
Lees maar op de volgende bladzijde.

Van: villa@maretak.nl
Aan: <alle lezers van 'Beschermengel>

Lieve lezers,
Als kind hield ik helemaal niet van lezen, ik speelde liever
buiten. Pas toen ik mijn opleiding voor juf volgde, ontdek-
te ik wat ik al die jaren had gemist. Dus ben ik veel kinder-
boeken gaan lezen en daar ben ik nooit mee opgehouden.
Dat ik zelf ben gaan schrijven, komt door mijn oudste
zoon. Toen hij klein was, had hij een onzichtbare muis. Met
die muis hebben we zoveel beleefd dat ik vaak zei: 'Daar
kan ik wel een boek over schrijven!' Vrienden spoorden me
aan: 'Doe dat dan ook!' En ik heb het gedaan.
Inmiddels is 'Beschermengel' mijn achtste boek en daar
ben ik best trots op.
Mijn zoon Erik heeft eens een wedstrijd van Kunstbende
gewonnen met een heel bijzondere klok. Een klok met
dertien uren. Het is heerlijk om te filosoferen wat je allemaal met een extra uur zou kunnen doen. Zo ben ik op het
idee gekomen om 'Beschermengel' te schrijven. Je hoort
mensen af en toe zeggen: 'Ik heb een beschermengeltje
gehad', maar bewijzen kunnen ze het niet. Daarom vond ik
het leuk om dit uur te laten gebruiken door een beschermengel. En wie weet, bestaat er echt zo'n klokje en ben jij
eens aan de beurt!
Nog twee belangrijke tips:
* Luister naar je dromen, ze kunnen heel waardevol zijn.
* Zuurkool smaakt lekkerder als het gekookt wordt in jus
d'orange.

Heleen Vissinga

VillA-vragen

🏠 *Vragen na hoofdstuk 3, bladzij 41*

1 Wat kun je allemaal doen in zo'n uur waarin iedereen stilstaat?
2 Jacqueline vindt het doodeng dat ze misschien nog zo'n uur moet meemaken.
   Maar ze is ook nieuwsgierig waarom ze het horloge heeft gekregen. Welk gevoel zal het sterkst zijn?
3 Cecilia blijft bij Jacqueline. Gaat zij het bijzondere uur ook meemaken?

🏠 *Vragen na hoofdstuk 5, bladzij 66*

1 Na het bericht in het journaal over het vliegtuig, krijgt Jacqueline een warm gevoel door haar lijf. Weet je nu hoe Jacqueline zich voelt?
2 'Dat was een mooi sprookje voor het slapen gaan, meisje,' gniffelt vader.
   Waarom gebruikt vader het woord 'sprookje'?

🏠 *Vragen na hoofdstuk 7, bladzij 88*

1 Kijk eens naar de tekening op bladzij 78. Hoe heeft de tekenares duidelijk gemaakt wat er met de chauffeur aan de hand is en hoe Jacqueline zich voelt?
2 Vader zegt: 'Ik weet niet waarom, maar ik heb het gevoel dat die vermoeidheid te maken heeft met dat vreemde horloge dat je gekregen hebt.'

Waarom vertelt Jacqueline nu niet, wat er met het
horloge aan de hand is?
3 Jacqueline kiest niet zelf welke ongelukken zij voorkomt.
Is zíj dan wel een beschermengel? En als zij het niet is,
wie is dan de echte beschermengel?

VillA Alfabet